A UN LIBELLISTE ANONYME,

ou

DOUBLE ESSAI POÉTIQUE

par

François-Alphonse BEAUQUIN,

BACHELIER ÈS-LETTRES, BACHELIER ÈS-SCIENCES PHYSIQUES ;

Lauréat de nos écoles primaires !

ET

DOCTEUR EN MÉDECINE

De la selette improvisée d'Alsace !!

(*Paroles du libelliste.*)

Et mis sur la selette aux pieds de la critique,
Je vois bien tout de bon qu'il faut que je m'explique.
BOILEAU.

Æternum servans sub pectore vulnus.

VIRGILIUS. ÆNEIS, L. 1, V. 40.

Contre un anonyme auteur,
Jadis narquois et faussaire,
Une éternelle colère
Bouillonne au fond de mon cœur.
Dr BEAUQUIN.

Pontarlier. — Imprimerie de Sophie FAIVRE.

1862

38138

Vivendique modum rodis, stirpemque reprendis ?

. . . .

« Non patre præclaro, sed vitâ et pectore puro.
Atque si vitiis mediocribus ac mea paucis
Mendosa est natura, alioqui recta ; (velut si
Egregio inspersos reprehendas corpore nævos ;)
Si neque avaritiam, neque sordes, aut mala lustra
Objiciet verè quisquam mihi ; purus et insons
(Ut me collaudem), si et vivo carus amicis ; (H.)

. . . .

Non pudor esse reor ; tua verbaque ducere parvi.

Tu critiques ma vie et ma naissance obscure ?

. . . .

« Si je porte un cœur droit, si ma conduite est pure ;
Si de quelques défauts taché légèrement,
Je n'ai que de ces torts qu'on pardonne aisément ;
Si je suis affranchi de la honte du vice,
Si l'on ne put jamais me taxer d'avarice,
Si de quelques amis je puis m'enorgueillir : (D.) »

. . . .

Je méprise l'insulte, et ne dois point rougir.

C.

On se rappelle combien, il y a quelques années, l'apparition d'une petite pièce de poésie, intitulée : *A mon esprit*, avait causé d'émoi parmi la gent lettrée de notre ville. Les épigrammes pleuvaient alors sur la tête du malheureux auteur de l'*Ironie satirique ;* il n'y avait pas de peine assez grave pour punir l'énergique poète qui avait osé tourner en ridicule quelques travers de la société. Eh bien ! voici que ce même auteur, tant bafoué, tant abandonné alors, trouve aujourd'hui un éloquent panégyriste ; tant il est vrai que le temps est le grand redresseur des torts ! Souvent, à la vérité, ce redresseur arrive tard ; mais, en tout cas, il vaut mieux tard que jamais.

Si nous consentons à livrer à l'impression la jolie pièce de vers suivante adressée tout récemment à M. Beauquin, ce n'est point dans le but de réveiller des ressentiments depuis long-temps assoupis, mais uniquement parce que ces vers nous ont paru dignes de recevoir une certaine publicité :

A M. BEAUQUIN, auteur de *l'Ironie satirique*, intitulée : A MON ESPRIT.

> Vous avez donc souffert ? Les accents de votre âme,
> Nobles, mais incisifs comme un tranchant de lame,
>   Expriment la douleur !
> Le sort a donc rempli votre coupe de lie,
>   Et trempé votre vie
>   Au creuset du malheur ?
>
> Lorsque l'on a compté bien des nuits d'insomnie,
> Et versé bien des pleurs, pourquoi de l'ironie
>   Allumer le flambeau ?
> Avez-vous oublié que l'orage, en la plaine,
>   Qui s'attaque au grand chêne,
>   Respecte le roseau ?

Laissez errer les fous au seuil de votre porte !
Laissez passer les sots ! ami, que vous importe
      Leur sourire moqueur ?
Contre le noir venin de leur morsure infâme,
      N'avez-vous pas une âme,
      N'avez-vous pas un cœur ?

Oubliez les jaloux ! Passez le front superbe !
Pourquoi briser leurs dents par quelque mot acerbe ?
      Mordre, c'est leur plaisir.
Laissez-là ces flatteurs, semblables à des lierres
      Grimpant sur quelques pierres,
      Rampant pour parvenir.

Hélas ! vous le savez, dans ce monde éphémère,
Chacun poursuit un rêve, une ombre, une chimère,
      Un nouvel horizon !
Pensez que Dieu créa, pour le cœur et pour l'âme,
      L'amitié, cette flamme ;
      Et L'amour, ce rayon !

Une femme, un ami, sont de douces étoiles
Qui brillent dans nos nuits, qui dirigent nos voiles
      Vers le sombre avenir ;
Qui font, dans les vieux ans, qu'on revoit son jeune âge
      A travers le mirage
      D'un riant souvenir.

Abandonnez, ami, le fouet de la satire ;
Il faut pleurer souvent ; mais aussi parfois rire :
      Pourquoi les condamner ?
Songez que Dieu vous fit, quoiqu'ils en puissent dire,
      Eux, petits, pour médire ;
      Vous, grand, pour pardonner.

M. le Dr Beauquin, dans un épître, où il exprimera toute sa reconnaissance, fera connaître prochainement l'auteur de ces beaux vers, qui accusent un poète de premier ordre.
           Dr Beauquin.

Pontarlier, imprimerie d'Alfred Simon.

AUX PONTISSALIENS,
Et aux habitants des lieux circonvoisins.

(Copie de l'adresse du libelle.)

Dies iræ, dies illa.

Quelques jours après mon installation à Pontarlier, on fit
paraître contre moi, le 14 décembre 1851, sous le voile
sinistre de l'insaisissable anonyme, un infâme article, inju-
rieux, mensonger, diffamatoire... Attaqué sans motifs plausi-
bles, je comprimai ma trop juste colère, sachant bien que, tôt
ou tard, le grand jour de vengeance devait luir...; espérant
bien qu'à force de labeurs et de veilles, je parviendrais un
jour à me défendre avec mes propres armes, sans avoir re-
cours jamais aux voies étrangères, dernière ressource des
traîtres et des lâches....! Le jour de l'apparition de cet écrit
scandaleux, la rumeur publique accusait vaguement l'auteur clandestin du libelle dont je me plains, selon certains
citoyens, avec un peu trop de sel et d'amertume. Néanmoins, au jour où nous sommes, afin d'effacer, dans le pré-
sent et dans l'avenir...... lointain, la funeste impression de
cet odieux écrit, digne de Satan, je m'offre au public équita-
ble, non avec la perfection de l'idéal (car, quel mortel peut
l'atteindre!); mais, tel que j'ai toujours été, tel que je suis,
tel que je dois être, et tel que je serai toujours...

L'innocente et laborieuse abeille, lorsqu'elle se voit lâchement
assaillie et traîtreusement jugulée par maints frelons acharnés,
ne sent-elle pas son courage redoubler; et, au mépris même de
la vie, ne transperce-t-elle point, de son dard acéré, le cœur de
ses ennemis bourdonnants et vainqueurs?

CITATION DE QUELQUES VERS DE BOILEAU.

Par de très légers changemens, ils sont appropriés à la circonstance!

Sitôt que d'*Hippocrate* un génie inspiré
Trouve loin du vulgaire un chemin ignoré,
En cent lieux contre lui les cabales s'amassent;
Ses rivaux obscurcis autour de lui croassent :
Et son trop de lumière importunant les yeux,
De ses propres amis lui fait des envieux.
La mort seule ici-bas, en terminant sa vie,
Peut calmer sur son nom l'injustice et l'envie.

Mais, par les envieux un génie excité,
Au comble de son art est mille fois monté :
Plus on veut l'affoiblir, plus il croit et s'élance.
Au *Bien* persécuté, le *Mieux* doit sa naissance...

Moi-même, dont la gloire ici *peu* répandue
Des pâles envieux blesse *déjà* la vue,
Et qu'une humeur trop libre, un esprit peu soumis,
De bonne heure a pourvu d'utiles ennemis,
Je dois plus à leur haine, il faut que je l'avoue,
Qu'au foible et vain talent dont *un ami* me loue.
Leur venin, qui sur moi brûle de s'épancher,
Tous les jours en marchant m'empêche de broncher.
Je songe, à chaque trait que ma plume hasarde,
Que d'un œil dangereux leur troupe me regarde.
Je sais sur leurs avis corriger mes erreurs,
Et je mets à profit leur malignes fureurs.
Sitôt que sur un vice ils pensent me confondre,
C'est en me guérissant que je sais leur répondre ;
Et plus en criminel ils pensent m'ériger,
Plus, croissant en vertu, je songe à me venger.

Epitre VII.

PROLOGUE.

Pourquoi, bien loin de répondre
A l'ennemi de Strasbourg,
En silence vous morfondre
Et paraître bête et lourd ?

Ah ! je fus forcé d'attendre...
Ma faible plume autrefois
N'osait seule me défendre,
Redoutant par trop les lois.

Mais, ô divin libelliste !
Je ne crains pas aujourd'hui,
Petit poète un peu triste,
De riposter sans appui.

Cette vengeance tardive
Pourra servir de leçon,
Et, je crois, rendre craintive
L'audace d'un vieux .... ?
                              barbon.

DOUBLE ESSAI POÉTIQUE.

A UN LIBELLISTE ANONYME.

Censeur sans perfection
Au physique et au moral,
Loin ta juridiction
Sur le bien et sur le mal...!

Ciel ! au midi de ma vie,
Bravant la haine et l'envie,
Je vois d'un œil en courroux,
Primer mille ..... jaloux.

Honte à la scélératesse !
La poétique Déesse,
Contre l'infâme oppresseur,
Doit inspirer un vengeur.

Oui, j'affronte la fatigue
Et la mort qu'elle prodigue...
Tu dis d'un air agresseur :
Beauquin est enfin docteur !

Malgré ta noire critique,
Loin de toute politique,
Quand je veux, au faible vin,
Je trouve un fumet divin.

J'aime Iris, ses yeux, son dire
Et son gracieux sourire :
Jusqu'au déclin de mes jours
Je chérirai les Amours.

Beauté, bonheur et richesse ;
Menace, haine et tristesse ;
Malheur, insulte et pitié ;
Rien ne perd mon amitié.

Mais, méprisant ton libelle,
Pour la science immortelle,
De tout ce qui doit finir
J'aime à sonder l'avenir.

Disciple-né d'Hippocrate
Et sectateur de Socrate,
De la nature et des mœurs
J'admets toutes les douceurs.

Lecteur du sensible Horace,
Sans être un double Pancrace,
Au sein des plus doux loisirs
Rêveur... je pense aux plaisirs.

Et, si tout n'est que sottise,
J'espère, quoiqu'on en dise,
Vivre au gré de mes désirs
En goûtant d'honnêtes plaisirs.

J'ai la franchise gauloise ;
J'aime la gaîté françoise,
La fierté du vieux romain,
La douceur du grec humain.

Oui, telle est mon existence :
Sans remords, sans espérance,
D'un naturel soucieux,
J'avance silencieux.

Garde-toi bien de médire ;
Car, quel mortel peut se dire :
Sans mes frères malheureux
Je vivrai toujours heureux ?

Tel s'est applaudi la veille,
Qui, fier et sot à merveille,
Voit une mordante main
Attrister son lendemain.

Atôme de ce bas monde,
Crains la blessure profonde
Du couplet au vers rongeur,
Transmis au Juif voyageur *.

(*) Juif errant : Synonyme de porteur de nouvelles.

Aggrediri nunquàm , semper defendere.

Voici le sens des mots que vous venez d'entendre :
Ne jamais attaquer, mais, toujours se défendre.

Furor arma ministrat.

V.

Contre un savant vainqueur, l'ignare, plein d'alarmes,
S'inspire de fureur pour inventer des armes.

A. B.

Mes amis , dès longtemps , à l'unisson me crient :
Montrez votre talent à ceux qui vous décrient.
La docte incendie, ah ! compte un premier moteur.
Vite ! aux armes, Docteur, frappez l'instigateur.
Le sinistre public à grands flots se propage.

« *Bons amis, pour l'éteindre , il suffit d'une page.* »

Bravo ! jeune Docteur, vous êtes entendu :
Si l'un ou l'autre pique, il se verra mordu.

« *Oui , malgré les rumeurs , ma Muse juvénile*
Egaiera , dès ce jour, la campagne et la ville. »

A Paris, à Strasbourg, en Oye, à Pontarlier,
Sans prôneurs, sans écus, on ne peut être fier.

Avec triple diplôme et la vieille rosace,
Savez-vous ce qu'il faut? — Une large besace...
Mais, voulez-vous l'estime, et de gros monceaux d'or ?
A l'Escobarderie il faut donner l'essor :
Avoir ton cajoleur et petit air faussaire;
Soutirer les faveurs de l'Hydre populaire ;
Ou, sordide flatteur du savoir en jupon,
Traiter tout concurrent d'ignare ou de fripon.
Oui, avec la lancette et l'arme de Lucine,
Qui veut faire partout florès en médecine
Doit être un Pincedouce, ou bien, tel que Forbec,
Il aura poche vide et le gosier à sec.
Trop heureux si, perclus à son heure dernière,
L'hôpital ne voit pas terminer sa carrière.
Hélas ! oui, tel n'est point l'art que j'ai rapporté
De notre bon collège et de la Faculté !!?
C'est un bien grand malheur!... Car mon froid caractère,
Héritage gaulois et de mon bon vieux père,
Ici, comme partout, même au prix de mon sang,
Est et sera toujours trop loyal et trop franc.

Amis ! ayez ces vers du côté du bon rire,
Et n'allez point penser que j'écris pour médire.
(Fragment d'une Satire inédite).

RIMES CROISÉES.

Ciel ! au midi de ma vie,
Je vois, d'un œil en courroux,
Jaillir la haine et l'envie,
Et primer bien des jaloux !

Honte à la scélératesse !
Contre l'infâme agresseur,
La poétique Déesse
Doit inspirer un vengeur.

Oui, j'affronte la fatigue...
Tu dis d'un air fort moqueur :
(En vil critique prodigue !)
BEAUQUIN est enfin docteur !!!

Malgré ta noire critique,
Quand je veux, au faible vin,
Loin de toute politique,
Je trouve un fumet divin.

J'aime Iris, ses yeux, son dire...
Jusqu'au déclin de mes jours,
De mon gracieux sourire
Je doterai les Amours.

Beauté, honneur et richesse;
Malheur, insulte et pitié;
Haine, colère et tristesse;
Rien ne perd mon amitié.

Mais, méprisant ton libelle,
De tout ce qui doit finir,
Sans science universelle,
J'aime à sonder l'avenir.

Disciple-né d'Hippocrate (1),
De la Nature et des mœurs,
Comme l'antique Socrate (2),
J'admets toutes les douceurs.

Lecteur du sensible Horace (3),
Au sein des plus doux loisirs,
Sans être un hideux Pancrace,
Rêveur... je pense aux plaisirs.

Et, si tout n'est que sottise,
Directeur de mes désirs,
J'espère, quoiqu'on en dise,
Goûter d'honnêtes plaisirs.

J'ai la franchise gauloise
Et la fierté du romain :
J'aime la gaîté françoise (4)
Et l'esprit du grec humain.

Oui, telle est mon existence :
D'un naturel soucieux,

Sans remords, sans espérance,
J'avance silencieux.

Garde-toi donc de médire...
Près ses frères malheureux,
Quel mortel ose se dire :
Je vivrai toujours heureux !

Tel s'est applaudi la veille,
Qui voit l'inflexible main
Venir, comme par merveille,
Attrister son lendemain.

ATÔME de ce bas monde...
Du couplet au vers rongeur
Crains la blessure profonde,
Et le Dieu juste et vengeur !

Qui me commórit (meliùs non tangere clamo !)
Flebit, et insignis totá cantabitur urbe.

H.

Réfléchissez, ingrats, relisez la maxime :
Qui se traîne en serpent, doit rencontrer la lime.

A.-B.

Après dix années de coteries, de cabales, de mépris,
de chagrins, de soucis, d'ennuis, de misères, de priva-
tions, de tribulations, de persécutions, de menaces, de
calomnies, de dénigrements, de labeurs et de veilles.

Le *misérable* avorton littéraire ,

F.-A. BEAUQUIN ,

Ex-élève en Pharmacie *(sub patre)*, Bachelier ès-lettres (1845),

— Bachelier ès-sciences (1846), — Docteur en médecine de la
Faculté de Strasbourg (1851),—Dr Médecin-chirurgien chargé
du service de santé des troupes formant la garnison de Pontarlier et du Fort-de-Joux (1852) ;—Ex-chirurgien chargé de l'ins-
pection des volontaires pour la 2ᵉ légion étrangère ; — Ex-chirurgien inspecteur *(par intérim ou in partibus)* des soldats du
Pape ;—Ex-médecin chirurgien *(ad libitum*—1851-52-53-54-
55-56-57-58) de la Gendarmerie de Pontarlier ; — Médecin
cantonal et de la vaccine (1853) ;—Auteur de la Médecine gé-
néralisée (1 vol. in-12, 384 pages, 1854) ;—de l'Ironie satirique (1855), etc., etc. ; — Membre de plusieurs Sociétés sa-
vantes, etc., etc. *(de Sens, etc., etc.)* ; — Agrégé à l'association
générale des Médecins de France, sous la présidence de M. Rayer,
Médecin ordinaire de son Altesse Louis NAPOLÉON III, Empereur des Français.

Pontarlier, ce 15 juin 1862.

NOTES.

—

(1) Hippocrate, le père de la médecine, naquit l'an 460 avant Jésus-Christ, à Cos (Stanchio), île de la mer Egée (Archipel).

(2) Socrate naquit à Athènes (Grèce), l'an 470 avant Jésus-Christ. Fils d'un sculpteur, nommé Sophronisque, et d'une sage-femme, nommée Panagérète, il exerça d'abord la profession de son père. Son chef-d'œuvre représentait les trois Grâces. Un certain Criton, ami de la philosophie et des lettres, étonné de la profondeur de son esprit, lui fit abandonner l'atelier, et le confia à Archélaüs, célèbre philosophe. Socrate devint bientôt le plus savant, le plus juste et le plus sage des Grecs. Mais, *la liberté de ses discours, ses idées originales et nouvelles*, lui suscitèrent de nombreux et implacables ennemis. Aristophane, vil poète comique, cédant à leurs prières et à une basse jalousie personnelle, eut la lâcheté de le jouer dans sa comédie des *Nuées*. On accusait Socrate de toutes les impiétés possibles, lui qui ne reconnaissait que le vrai Dieu, et qui n'adorait point les veaux d'or de son temps, ni les statues de bronze ou de bois. Néanmoins, *comme toujours*, la fausse accusation et les infâmes accusateurs prévalurent.... et Socrate fut condamné à boire la Ciguë. Ses derniers moments furent ceux d'un homme invincible, *ennemi des préjugés et des superstitions de son époque.* Ils furent sublimes : — il avala le poison avec fermeté, et à la honte éternelle des injustes Athéniens, qui, trop tard, hélas! lui érigèrent des statues pour expier et leur ingratitude et leur crime (Dicton populaire : *ingrat comme un athénien*).

(3) Horace naquit à Venouse, ville d'Italie, l'an 66 avant Jésus-Christ. Il était fils d'un affranchi, devenu huissier ou crieur

public. A l'âge de 22 ans, il s'attacha à Brutus, républicain acharné. Mais, à la bataille de Philippes, il prit la fuite.... *relictâ non bené parmulâ!* Plus tard, il s'adonna à la poésie, et devint l'ami intime de Mécène, ministre de l'empereur Auguste, contre lequel il avait jadis traîtreusement dirigé ses armes, et qui le dota pourtant d'une villa magnifique... à Tibur (Tivoli).

Voltaire a dit :

Jouissons, écrivons, vivons, mon cher Horace :

. . . .
Sur le bord du tombeau je mettrai tous mes soins
A suivre les leçons de ta philosophie,
A mépriser la mort en savourant la vie,
A lire tes écrits pleins de grâce et de sens,
Comme on boit d'un vin vieux qui rajeunit les sens.
Avec toi l'on apprend à souffrir l'indigence,
A jouir sagement d'une honnête opulence,
A vivre avec soi-même, à servir ses amis,
A se moquer un peu de ses sots ennemis,
A sortir d'une vie ou triste ou fortunée,
En rendant grâce à Dieu de nous l'avoir donnée.

(4) Licence typographique et poétique : *françoise,* vieux mot pour *française.*

Pontarlier, imprimerie d'Emile Thomas. — 1862.